유리 동물원

시작시인선 0279 유리 동물원

1판 1쇄 펴낸날 2018년 12월 5일
1판 2쇄 펴낸날 2019년 7월 10일
지은이 양수덕
펴낸이 이재무
책임편집 박은정
편집디자인 민성돈, 장덕진
펴낸곳 (주)천년의시작
등록번호 제301-2012-033호
등록일자 2006년 1월 10일
주소 (03132) 서울시 종로구 삼일대로32길 36 운현신화타워 502호
전화 02-723-8668
팩스 02-723-8630
홈페이지 www.poempoem.com
이메일 poemsijak@hanmail.net

ⓒ양수덕, 2018, printed in Seoul, Korea

ISBN 978-89-6021-404-0 04810
        978-89-6021-069-1 04810(세트)

값 9,000원

유리 동물원

양수덕

천년의시작

시인의 말

나와 그대 사이에는 얼마나 많은 소음들로 바글거리나

가깝고도 먼
멀고도 가까운

가족인 그대
이웃인 그대

타인인 그대
세계의 애칭인 그대

관계를 관계라고 읽기 시작했을 때부터 점점 야물어지고 팽창하는 세계에서 순순히 나를 유혹하며 옭아매는 그것들

이 세상에 영원한 것이 없음으로 한낱 환幻일 뿐인데 지치도록 속고 속는 내 시의 허물이란……

밤에도 유리처럼 투명하게 들여다보이는 동물원에서는 귀가 없는 목소리들이 바글거리고.

차 례

시인의 말

3

1

머나먼,

유리 벽을 사이에 두고 나날이 지친다

내가 비명을 지를 때 네가 콧노래로 듣고

네가 한숨 쉴 때 가벼운 바람으로 듣는 나

무채색, 무뇌의, 공간이 자라고 두꺼워지고 차가워지고

사랑은 주머니가 채워지지 않는 거래

들어오면 나가고 나가다 다시 들어오기를 무수히, 얽힌
동선들만 어지러워

허기가 져서 길어지고 뾰족해진 입으로

남은 생의 입질이 서툴다 유리 벽을 사이에 두고

날아가는 집

집이 있는데 집이 없다 잎 넓은 오동나무를 옮겨 심은 것
같은데 오동나무가 없다

집이라는 단어의 입천장이 까졌고 각진 포장은 어그러졌다

또 얼마나 많은 격전을 치러야 명랑한 주소를 브로치처
럼 달까

말의 세례에 끄떡없어서
지도 밖에 숨어있어서
감정이입이 산발한 은신처, 집

헌 사람이 헌 사람에게 한없이 낡아지는 등불을 건넨다 헌
사람이 헌 사람에게 어제보다 조금 더 날 선 칼자루를 터진
발등 위에 올려준다 너무 얇은 종이 가슴들

지붕이 하늘의 나사를 빼고 날아가는
창이 고전의 틀에서 빠지는
육중한 현관문이 닫힌 가슴을 향하여 엎어지는
벽이 굳기름을 녹여 흘러내리는

그런 집을 세우는 아침 마주 본다면

집 날아간 빈 들판에 눈 뜬, 잎 넓은 오동나무 둘
서로가 서로의 둥근 잠에 깃들고 별빛을 따라갈 밤을 뒤
진다면

잘못 박힌 돌무덤
뼈아픈 그늘의 완성인 집은 있어도

유리 동물원 1
—첫 번째 환幻

보호자의 신분으로 수술실에 들이갔다
마스크 주위로 차갑고 질척한 공기와 비린내가 괴담같이
몰려다녔다

이건 환자의 썩은 장의 일부입니다
의사의 손에서 수줍게 세상 구경을 하는 핑크빛

도려낸 장기와 산 육신과의 믿지 못할 관계
화사한 생살에서는 김이 피어나는 듯하고
누워있는 육신은 김 올리고 있는 가마솥처럼 보였으나
삶과 죽음의 빨간 금 밟으며 수신호를 기다리고 있는 어머니

살아도 산 것이 아닌 죽어도 죽은 것 아닌 육신의 허구는
얼마나 바람 잡기 어려운 놀음의 한마당인지

어머니는 어디에 가서 쉬고 있나
홀로 노을의 끝자락을 만지며 육신의 날림을 서러워할까
꿈속에서 뜯는 악기의 귀만큼 어두워 어머니 소식

저세상으로 가는 문이란 문은 다 닫겠다고 벼르고 있을 때
낯익은 문을 밀고 나온 어머니

유리 동물원 2
―두 번째 환幻

알약을 쥐고 달아난다
한껏 벗어났다고 생각하는 순간 목을 옭아매는 그것

위대하다는 걸 보여 줘
달래면서 생떼를 쓰면서 주문을 외우면서 몸을 밟고 서봐
몸의 승리자인걸
해저에서 눈을 치뜨고 있는 타이타닉호가 웅얼거린다

아버지가 응급실로 들어가시자 제일 먼저 눈에 들어온 건
침대 번호 4, 그 죽을 사
더 이상 구겨지지 않을 침대 시트
입술을 깨물며 올 것은 오는가
황급히 풀려나와 내 목을 감은 그것

응급실 풍경이 일시에 파도친다
수액 방울이 짜내는 생기와 안개의 손가락질 같은 계기판
의 작동 음과 빙벽타기 하는 호흡, 두근두근
참다못해 나는 아버지를 다른 자리로 옮겼다

아버지 고비를 잘 넘기시더니

그만, 함정을 몰라봤으니 입원실 호수의 끝자리가 아홉수

더 갈 데 없어 다시 태어나야 하는 아홉인데

불운한 숫자를 물리치지 못해 죄스러운 나

수면을 흔들어본다 수장된 기억이 부풀어

처박힌 타이타닉호에서 생니를 가는 아버지

숫자를 숫자로 보기

모든 숫자는 긍정의 에너지로 뭉클한 별이어서

죽음을 뛰어넘는 용감한 전사의 4

1프로의 허기를 채워야 할 희망의 9

유효기간이 지난 알약을 버린다 내 무의식의 타이타닉호

가 따분해진 때

아버지의 갑작스런 죽음을 붉은 줄 두엇 긋는 속도로 받

아들이기 시작한 때

몸을 조망하기 시작한다 몸 밖에 나와 한 발자국

유리 동물원 3
—나무 타령, 세 번째 환幻

한 권 나무 사전을 구경한다

가게 안에는 나무의 쓰임새가 똑 떨어지는 가구들과 가지

가지 소품들이 가득하다

애초에 목질은 지구보다 더 나은 행성에서 왔을 것 같다

그 어떤 나무 신神에게도

딱딱함과 부드러움이 쾌활하게 녹아들어

음악을 연주한다

뿌리와 가지와 잎사귀들은 한 몸 안의 이국정서,

서로를 반겨 물리치지 않는다

서로의 터진 길로 왕래하는 몸과 영혼

이미 지나간 푸름은 변색된 나무 빛깔 위에서 울지 않는다

금속성의 마음을 건드려본다

오나가나 쩽그렁, 그렁 소리

나사 하나 빠졌다고 울적해하고

하늘 가린 철판 두껍다

나쁜 최면에 걸려 차갑게 딱딱하게 시절이 간다

막막한 앞길에서 나무의 초록 피 돌게
뿌리, 가지, 잎사귀, 잘 벋게
마음 터에 나무 한 그루 심어보나

나무 사전의 맨 나중 이름을 올릴 나무 주인공은
언젠가 지구보다 더 나은 행성에 가게 될까

유리 동물원 4
—끝까지 가보는 지옥, 네 번째 환幻

우리는 착한 집과 나쁜 집을 앞뒷면으로 색칠하고 있습니다

무시하며
존칭 버리기, 이름 지우기, 역할 빼어버리기

무시당하며
눈에 가시 돋기, 한눈팔기, 부동의 조각상 되기

착한 집에서는 수염이 긴 귀뚜라미가 노래하고
나쁜 집에서는 이빨을 드러낸 들개들이 노래를 잡아먹습니다

상상이 현실이 되는
착각이 의미가 되는

여기는 나쁜 집을 녹여 주물에 부은 지옥입니다

유리 동물원 5
―다섯 번째 환幻

가로수들이 사람들이 상점들이 썰매처럼 미끄러져 갔다
꼬마 혼자만 제자리에 서있던 어느 날처럼
지금도 바깥 풍경은 나를 스치고 지나간다

시만 머문다
살아있음의 증거를 남기려
내가 만든 판타지 섬에 들어가 잘 익은 바람에 홀리려고
도 하고
그러는 착각에 빠지기도 하지만
해묵은 상사병 아님 영화를 관람하는 느슨함 정도……

백지 안은 피 튀는 전쟁터다

살아남기 위하여 바깥 풍경을 따라 움직이며 도끼를 든다
어제도 한판 붙었고 또 죄 없는 사람을 죽였다

유리 동물원 6
—얼굴, 여섯 번째 환幻

문을 열다가 얼굴만 한 꽃잎들에 걸린다
문짝에 선명한 붉은, 붉은 자국들이 나를 밀어내는데

처음으로, 땅에 씨앗을 뿌리고 백신을 만들고 달의 문을
연 이의 자랑스러운 최초에는
　저마다 붉은 꽃
　뿌리까지 떨면서 공들인 자국들이다
　폭발하는 환희와
　발효하는 감동이
　그런 꽃잎을 빚었다면……

꽃잎들을 지운다
지우자 다시 붉은 아침을 게우는 자국들

그의 첫 여자를 떠올리며 검은 호수에 빠져 검은 이끼의
눈망울로 흔들린다 흔들리다가 솟아나 그래도 살아야겠다
고 손톱을 세우는 가시들

　내가 바라볼 수 없는 곳에서

아무것도 모르거나 알아도 모른 척하면서 그가 문을 잡
아준다
길이 어둑어둑해지다가 훤해지기를 반복한다
내 안에서 뿌리까지 떨면서 공들인 가시들이,

유리 동물원 7
—다운그레이드, 일곱 번째 환幻

동선의 꼬리가 나를 기웃거린다
안방에서 나온 나는 다음 행선지를 갈아타느라 분주하지만
머릿속이 더 바쁘다
얼른 부엌의 소용돌이에 휘말릴 것

빅뱅의 탄성으로 열리는 집
기이한 느낌을 알아챈 방들이 서로를 밀쳐 낸다
방과 방 사이 밀고 당기던 공기는 노폐물로 차있다
벽과 벽이 말귀를 놓친다
둘이 나누던 소파가 떠내려간다
어디 있어요 필시 그가 숨은 게다

여러 날 닦지 않은 유리문의 얼룩이 비루하지 않다
거위의 생간을 쩝쩝거린다 해도
왼손의 주먹질을 오른손이 덮어준대도
비루하지 않다 나를 탐색하는 어지러운 시선보다

베란다에서는 속옷 빨래들이 새빨간 결벽증으로 몸을 말리고
미지근한 바람이 조급증을 내며 거실로 밀고 들어온다

다시 집이 제 크기로 돌아올 때까지 내 입에 문상이나 다닐 것

보티첼리의 아베마리아가 어김없이 흐르고 낙화落花 낙화落花

유리 동물원 8
—허수아비, 여덟 번째 환幻

이곳에서는 본능적으로 일인칭이다

옆 사람이 내 눈에 잠시 머물다 사라지기를 되풀이한다
바람이 부는 안,
소름이 총총한 들판이다

옆 사람의 어깨죽지에도 바람이 삽질을 해댄다
외로운 것들은 모두 떨림에 능하다
전염성이 강해서 항바이러스가 필요하지
나는 콧노래를 부르다가 괜히 시시덕거리다가 낄낄거리다가 눈물 한 방울을 짜낸다

색안경을 벗고 가끔 투명한 물방울이 될 수 있느냐고 묻고 싶었으나 그만둔다
앞으로 이 들판에다 별들을 개구리밥처럼 띄울 수 있느냐고도 묻지 못한다
추수 지난 들판에서 허수아비 둘, 기분 내키는 대로 바람에 기여한다

오일펜스

여자는 늘 바다를 칠했다 집은 바다 냄새를 업고 앞으로 앞으로 나아갔다 남자와 함께 찍은 다정한 포즈의 사진이 액자에서 자주 바뀌는 건 전시용의 효과로 그만이었다

가도 가도 편안히 안길 항구는 보이지 않았다 수만 개의 합장하는 손들은 끝이 보이지 않는 수평선을 들어내거나 안개를 말아 올릴 수 없었다 여자는 멍하게 바닷새의 비행을 응시하고

바다를 지켜야지 생활은 공복 뒤의 밥술처럼 반짝거리지 않아도 물리칠 수 없는 약속이었다 집 안의 공기는 시시콜콜 잡음으로 채워지고

검은 고혈을 먹어치우는 물고기에 대한 상상으로 눈 뜬 밤이 찾아오곤 했다

그들의 아침 식사

바게트 빵은 길쭉하고 딱딱하다
길쭉해서 나누어야 하고 딱딱해서 부드러운 이빨을 갈
아야 한다

바게트 빵의 잘린 사선은 빵을 나눈 이들의 시선이다

눈이 눈을 밀어내고
눈이 다른 눈의 옷깃을 따라가고
밀려난 눈이 허공 가득 점자를 그리는
놀이 체험

입은 한꺼번에 열리지 않아서
먹는 일 뒤편에 말의 가시가 숨는다

우유가 매끄럽게 하나의 강을 끌어오고
포크를 빼닮은 손가락 2인분이 서로의 혀를 찍지 않는
짝짓기 체험

번뜩, 겨누는 칼 비린내
몇 등분의 바게트 빵 덩어리를 접시에 담으면

몇 개의 칼이 마무리된다

다행히 바게트 빵은 숨구멍이 많아서 식사 끝에는 칼이
사라진다
아무 일 없었다는 듯이 시선이 돌아온다
어른도 아이도 아닌 동안童顏이 지나간 뒤

투명 인간

너는 오늘도 나를 보지 못하고
손을 잡았으나 장갑만 남았다 한다
말을 받았으나 구겨진 포장지만 잡힌다 한다
눈을 보았으나 검은 창이 다가선다고 한다

히히 나도 너를 보지 못한다는 것

유령의 집으로 들어간 우리
공기는 더없이 포근하고 이마가 시리게 차갑다
화분들은 생기가 넘치고 눈치 없이 시들어간다
냉장고는 조용히 굴러가고 악다구니 지른다

나의 신전에는 너의 의자가 없고
네 거울 속에는 나의 저녁이 없다

이상한 뒤죽박죽,
근시안이 자라는 안개 숲

그 틈을 비집고

광택을 낸 입술로
다 보여 줄게요 보여 줄게요
한생이 식기 전에
다 보여 줄게요 보여 줄게요

나는 너의, 너는 나의
그릴 수 없는 문장부호
물오른 달변의 뒷면

투명한 그늘을 뒤집어쓰고 재주를 한껏 피워 보는 우리는

개봉관

끝이 없는 시삭이라고 한 사람이 중얼거렸을 때
한 사람도 고개를 끄덕거렸다

한 사람은 썩어가고
한 사람은 찌그러졌다

안 보이는 관객들로 채워진 영화관은
저문 세계의 이름으로 좁고도 넓었다

밥을 지어 먹고 마트 가고 스치기만 해서 미안한 초목에
회색 입술을 매달기도 했다 애정물은 서툴러서 대개 피해갔
고 뭉클하게 서로를 안아보는 행위예술도 없이 충격전에 벌
어지고 죽다가 살아나기를 수없이, 커피를 나누면서 잠깐
씩 순해졌던가 대사가 없는 날은 달나라만큼 먼 데서 건너
온 필름이 돌아가느라 삐걱거리기도,

한 사람은 울보였으나 들키지 않았고
한 사람은 주머니에 유리구슬을 넣고 다녔으나 그도 들
키지 않았다

한 사람은 서툰 변사가 제격이었고
한 사람은 셈이 더딘 계산원이 배역으로 그만이었다

서로의 눈길을 짓밟고 다니던 어느 쇠한 봄날
눈에 검은 이끼가 웬 거냐고 한 사람이 낄낄거렸고
눈에 박쥐가 매달려 산다고 한 사람은 배꼽을 잡았다

주연만 둘 갸릉갸릉하는 영화가, 끝이 없는 영화의 시
작이,

즐거운 식사

두 사람은 마침내 죽 그릇을 들고 건배하기 시작했다 식은 죽 먹기라니 잘 구워진 생선 냄새가 코밑으로 살금살금 기어오를 때에도 건배 건배 식은 죽이 물이랑처럼 요동쳤다

나는 너를 좋아해 남자의 말에 여자의 미소는 소금밭을 한 바퀴 돌고 왔다 고작 좋아해? 가시를 삼키는 여자, 나는 맛있는 것을 좋아해 자연을 좋아해 한곳에 뿌리박고 유쾌하게 상해 가는 눈망울을 좋아해 좋아하는 것은 세상에 넘쳐나 남자의 고백이 풀어진 하늘로 죽사발에 담기던 날이었다

둘의 시선이 한곳으로 모아진 허공에는 무슨 죽이 그리 많은지 여자가 허공에 하늘 귀퉁이를 오려 붙일 때 남자가 물끄러미 짚어간 달력에는 닳고 닳은 숫자들이 빙글거리고 언제부터인지 여자의 눈에는 건너편 아파트의 베란다 창으로 다른 죽 그림자가 어른거리는 게 보였다

TV에서 사람들이 떠들썩하게 쏟아져 나와 소파에 앉거나 거실 바닥에 눕고 더러는 창문에 매달렸다 그럴 때마다 여자는 틀어놓지도 않은 음악을 불러 입맛을 다셨다 아침에는 아침에는 음악이 죽의 밑반찬이지

입술을 동전처럼 붙인 채 여자가 즉석에서 아리아 한 소절을 뽑았다 다른 건 다해도 우리는 사랑을 안 하지 남은 죽을 핥으며 남자의 평화로운 눈동자가 TV 속을 헤엄치고 집 안 구석구석에서는 노란 하품 다발이 꽃의 흉내를 내기 시작했다

언덕 위 하얀,

흰 가구가 도착하자 집이 완성되었다

꿍쳐 넣을 수 있는 사고뭉치가 찾아가는
화물칸이 왜 그리 큰지

눈을 뜨나 감으나
더듬어도 잡히지 않고
혀로 핥아도 색이 묻어나오지 않아

상대를 알 수 없는 눈먼 뭉치들

헝클어지고 뒤섞이다 녹아버린
최초의 맑은 거울, 어디 두고

가해자와 피해자를 넘나드는 우리
나쁜 가해자를 혐오하며 서로 불쌍한 피해자의 자리를
탐냈지만
밀렵꾼처럼 숨어서
비장의 코드에서 불러 모은 비웃음을 장전한다
비틀린 쪽으로 탕,

흰 가구와 한배를 타고 같은 느낌이 되어간다
먹구름을 빨아들인 거죽 위에
뽀얗게 덧발라
최후의 눈물 한 방울을 감추면서 밝아오는 화장기

악몽이라 치자
반드레한 낯빛 들어 밖으로 새 나가는 완성된 집 한 채

꿈풀이

꿈속에서 너는 사라진 내 쪽을 바라보며
가방을 잃었다고 말했다

내가 고작 너의 가방이었니?
아닌가? 너에겐 너무나 대단한 가방이었나

가방은 미리 다져놓은 무덤이었고
그 안 부장품들은 순하게 주인을 따른다

네 가방 안에는 한 사람을 씹던 질감으로 입맛 다시는 껌
이 있고 영혼에 물 한 바가지 끼얹을 얇은 책과 내키지 않는
손 대신 네 땀을 닦아줄 손수건이 곱게 접혀 있지

빙빙 돌지 않기로 하자
끔찍이 중요한 게 금빛 칠을 하고 있다는 거지
미래의 지갑이었나

한 번 들어오면 절대로 나가지 않는 지폐는 벽에 붙어 말
라가는 도마뱀 무늬만 남는다는 걸 네게 보여 주어야 하는지
날아가는 지폐를 눈치로 잡아채야 하는 나날

작아지고 납작해진 사람이 갇힌 지폐가 되어가는 순리
어떤 부장품은 제 손톱을 물어뜯거나 가슴을 친다

가방은 부르면 뚝딱 지어지는 무덤이다
가방은 깊어질수록 슬퍼지는 기억이다

꿈속에서 네가 신발을 잃었다고 말했다면
얼음 낀 발을 오독의 틈새에서 꺼내 주었을 텐데
그 발이 다른 발로 가는 여백에 입 맞추었을 텐데

정다운 사람들

너는 씩씩한 행인
내 말머리가 밟히자
보도블록 틈새에 난 풀의 신변으로 나는 아뜩하다

가는귀먹은 것처럼
짓눌리다가 다시 살아나는 축제를 보여 주마

여기는 귀의 섬
그러나 어디든 달아날 수 있다고 생각하는 순간 그려지는
우주의 비타민 뜰이다

숱하게 깔린 초록 별들은
갈 데 없는 한숨을 뭉쳐 뿌린 것
초록 별들은 빛을 흉내 내며 반짝반짝 새큼해진다
통점을 감춘 연기는 모두 판타지
생존의 숨겨진 경전 안에서
살 만하다 살 만하다고 나는 속아준다

네가 던진 말을 쏘아버린 뒤끝
콧노래 부르며 나는 구둣발을 전리품처럼 흔들어 보인다

너도 보도블록 틈새에 가늘게 묻혀……
어느새 다시 살아나다니

누가 먼저 시작했는지는 알 수 없으나
말꼬리에 명사수의 화살촉, 총알의 속도, 재미없는 벽
의 학습

우리는
같은 톤으로
같은 하품으로
모조품으로
질기게 질기게 따라붙는다
말의 공터를 피해 가며
번갈아, 죽었다가 살아난다
귀의 섬에서 우주의 비타민 뜰까지

음지식물

몇 년 전에 화분 하나 곁에 왔다

잎이 펄럭일 때마다 그늘이 넓어졌고 내가 열어놓은 하늘은 그만큼 좁아졌다 나는 그의 그늘 속으로 들락거렸다 제발 태양 좀 쪼여봐요 그럴 때마다 그는 유리 조각에 찔린다고,

극과 극 사이 부르튼 입들
엎치락뒤치락 꾸미려 했던 하늘 정원은 대륙횡단열차를 타고 멀찌감치 가버렸다

참 춥네요 빙하기가 오려나 봐요 둘 다 얼어 죽을지 몰라요 나는 눈을 뜨고도 잠꼬대를 했다

꽃을 피우지 않은 채 가지가 마르고 잎이 떨어진 둘은 다년생의 찬가를 질기게 이어갔다

그가 모처럼 만에 웃는다 소리도 없이 웃음의 미학이 삐져나오며

태양이 한 뼘 남아있는 베란다로 화분을 옮기려다 함께
웃고 만다 나 또한 소리도 없이 드러내지 못하는 눈주름을
태양의 힘살에 얹고서

2

유혹

언제부터인지 이 도시에 사는 사람들의 얼굴이 녹아내리기 시작했다 누구도 눈치를 채지 못할 만큼 한 땀씩 조용하게, 지워진 얼굴 위 무표정한 눈, 귀, 코, 입이 금도금 장식으로 들러붙었다

다수가 똑같은 기침을 하며 따돌림을 몰고 다녔다 나쁜 풍경에 눈 감고 나쁜 소리에 끄덕이고 나쁜 냄새를 따라가고 나쁜 맛에 길들여져 나쁜 짓 일삼는 손을 베이컨의 그로테스크한 그림처럼 구경했다

아주 드물게 예전 습지 생물처럼 사계를 넘나들며 주름과 감흥을 만드는 얼굴을 보고 기형이라 외면하는 다수들은 범죄가 정원수로 자라는 가해자들이라

죗값을 매기지 않아 마음 수줍은 곳에는 이끼 감방이 철문을 굳게 잠그고, 그럴 수 있지, 붉게 취한 말을 나누며 이상하고 무서운 거리를 메워 갈 때 빛 내리지 않는 나라의 검은 성으로 이끌리는 영혼 아무도 잡아주지 않았던 그 애 손이 겨울의 얼음 손 위에 꽂혔다 기념비의 탄생이었다

잊힌 사람

그는 마침내 몸뚱이 하나만 남았다

그의 가슴이 사라지기 전
그의 방에 몸뚱이들이 너무 많다는 것을 알았지만
깜장과 검정과 블랙은 미묘하게 다른 것이라고 마음을 추
슬렀다

빛을 발하지 못하는
제 힘으로 나아가지 못하는
그림자

누군가는 그를 오래전에 스쳐 갔던 사람 냄새라고 하거나
치워야 할 먹구름 폐기물이라고 했다

그는 가슴을 멀리 달아나게 해서
아무도 모르는 곳으로 피신시켜서
제 감정에 복받치는 일이 없다

미묘한 체감온도로 구분이 되는
깜장과 검정과 블랙이라는 암흑기가 숨을 쉬고 있는 그의 방

마침내 그는 불려 나갈 일이 없는 사물이 되고 말았다
몸뚱이만 솟구쳐 덩그렇다

그와 세계 사이에 유머가 없다는 게 문제였다

아침에 대한 예의

비둘기들이 보도블록에 풀어진 토사물을 먹고 있는 아침
햇빛이 끊어진 국수 가락들을 뾰족뾰족 건드리고 이어
붙이고
국수 가락들이 다시 미끈해질 기회

지난밤 취객이 던져놓은
냄새의 신화는
맛보는 자의 신선한 독점물

그렇더라도,
엎질러진 울분의 흔적들
슬픔에 혼쭐나는 자가 피워 올리는 건더기 냄새
그의 주머니에 넘쳐났던 바람 먹은 소리들
기분 좋게 술 마신 뒤끝이라도 딸려 나올 수밖에 없는 난
장판은

지난밤은,
아무 일도 없었다
아무 일도 아니었다
미운 놈 안쓰러운 놈 하나 목구멍에 걸리지 않는 냠냠

이 아침은 더없이 깨끗해야 한다고
비둘기는 못마땅하게 요리된 식사를 용하게도 냠냠

장화 신은 고양이는 오지 않아
분홍 맨발이 시큼하게 토사물에 젖고

끊어진 국수 가락들 앞에서 비로소 눈뜬 아침은
부리에 냠냠 노랫소리만 굴리고
고운 깃털을 한 줌 더 올리고
보랏빛 목덜미에 번지는 감사의 인사를 받고

사람이 밑 빠진 길로 내려가느라 옷깃을 세울 때
냄새 위에 없는 비둘기
냄새 아래 없는 비둘기

세마춤*을 추어요

동굴 안 하얀 옷의 무용수들이
하늘에다 축을 꽂고
도는 동작 한 가지만으로 춤을 홀린다

최초의 살맛 나는 언어로 빙글빙글
마주치지 못하는 눈동자들 불러 앉혀
토라진 적들까지 두 팔 벌려 환영해

세상의 언어들이 좁은 통로에서 한숨 지리고 피곤해질 때
모든 언어의 꼭대기에서
발들 모아지고 휘돈다

신의 마당이 놀러 와 둥근
춤의 말
속임수라도 괜찮아
하얀 거짓말은,
곰팡이가 끼지 않아
보는 자와 보여 주는 자의 거리가 없어
좌뇌와 우뇌의 텃새가 없어
전쟁과 평화 사이는 늘 다정해

거울 속 거울 속 거울 속 거울 속 거울……
하얀 비둘기들 하늘로 흐린 구름 사이로

* 세마춤: 터키의 전통 춤(수피댄스).

붉은 차르*
—암탉들 수탉들

아주 먼 옛날 아프리카에 그 사람이 살았네
얼굴은 우주처럼 까맣고 마음은 바탕색이었네

옛 머리카락 한 올 남아있지 않은 그 사람이
지금 부리로 눈길, 손길, 발길, 찍네

눈엣가시와 손사래와 접근 금지 팻말을 앞세워
목이 쉬도록 다른 핏줄이라는 것을 밀쳐 내네

서로 나눌 우유가 흐르지 않아
함께 바라볼 별이 뜨지 않아
제 마당의 목만 축이는 짧은 호스,
핏줄

핏줄은 비명도 잠꼬대도 끈적끈적
다른 민족 간 투쟁이 헤퍼지네
부모는 자식에게 왕관을 씌워주며 주머니를 끝없이 부
풀리네
DNA가 다른 엄마는 얼굴이 지레 붉어지네

눈동자 속 무기는 제철 과일처럼 싱싱하고
붉은 벼슬 뾰족뾰족 자라네

아주 먼 옛날 아프리카의 그 사람은 우리 모두의 할아버지
만인은 바탕색이 같은 기억 이전 하나의 집에서 살고 있네

* 차르: 제정 러시아 때 황제의 칭호.

근처에

개미들이 방을 빠져나가고
개운하지 못한 잠이 폭설처럼 내리고

눈 부릅뜬 검은 문

할머니, 천장 주위에서 떨면서 내려다본다
모로 누운 채 굳어버린 자신의 사지와 풀린 눈
밥공기에 말라붙은 밥알
꿈과 생시를 덮고 있는 때에 절은 꽃무늬 이불을

소리는 바깥세상에서 끓어오르고
말문 닫힌 방의 높다란 방음벽 안쪽에서
하얗게 엎질러진 묵음들
낮인지 밤인지 몇 달이 지난 건지

약통 곁 한 벌의 수저 곁 하얀 머리카락 곁
서서히
가까이
파고들어 수의를 짰던 얼음 뼈

검은 문 밀며 터진 맨발로 서성거리는 할머니,
불려진 어둠 자락을 움켜쥔다
어디로 갈거나

기척

한 달 동안 피켓을 든 조각상이었던 그가 소리소리를 지른다 법원 앞을 지나가던 행인들과 버스 승객들의 시선이 순식간에 한 점으로 모아져 막대를 세게 돌린다 구석기인들의 불 피우는 소동인 듯

하얀 플래카드가 출렁거린다 아무개의 사진 속 탄력받은 입이 연거푸 바람을 구기며 웃는다 힘살 빨개진 글귀가 불을 단 잎사귀들처럼 원하는 곳으로 날아갈 듯하지만

바닥을 뜯으며 기는 소리는 마호가니 책상머리와 검은 옷과 게으르게 멀어진다 목구멍이 봉쇄수도원이어서 목구멍보다 작은 그가 갇혀서 돌아앉은 묵음들 부르튼 발 절며 일인 시위의 내리막이 오고

그 무렵 어느 집에서는 여자가 삼십 년 떠받든 밥상을 깨고 그릇들을 요란하게 앞세워 북을 두드린다 TV 안에서 머리털을 샴푸하는 여자의 남편, 여자가 빈 거실을 돌아본다

수몰 지구

소년은 학교 종이 머글머글 우는 강바닥으로 가라앉았
다 급우들의 만만한 과녁판이 되어 받아내어야 했던 화살
들 피해 숨을 둥구나무는 없었다 해질 때까지 갖고 놀다 팽
개치기만을 기다리는 장난감처럼 소년은 시간을 밀며 어두
워져 갔다

진땀에 젖은 소년이 강 위로 올라올 때면 곱던 풍경들은
일그러졌다 해 어지럽고 초목은 바람에 빌붙어 입방아를 찧
고 꽃들은 향기 없는 입술로 욕지기를 해댔다 학교와 집을
오가도 곁에는 말동무 하나 없고 털어놓지 못한 말은 강바
닥에서 검게 무성한 뿌리를 내렸다

강물 위에 거품들이 부글거렸으나 입을 놓친 물방울 심
심한 바람의 무늬쯤, 뱉지 못한 말들이 수의를 입은 줄 아
무도 몰랐다 검은 뿌리들과 엉겨 다시는 올라오지 않은 소
년, 금빛 메시지를 보내오는 하늘로 머리를 들자 소년의 귀
가 먼저 눈부셨다 수많은 별들이 땡땡 쳤다

기타는 줄이 너무 많네

모녀기타, 어디서 들은 노래인데…… 이제야 알겠네 그렇게 슬픈 기타가 있는 줄

줄 풀린 기타 소리 되풀이 되풀이 울음이 긁히네

자고 나면 골 깊어지는 지하 방은
신 김치 냄새도 나지 않아 깨끗이 말라가네
헐거운 뼈대가 걸린
옷걸이 세 개
태어났으므로 갚아야 할 사람의 증서가 켜켜이 쌓이고

새 나가지 않는 기타 소리, 줄 끊어진 뒤에야 무덤 밖을 나왔네

이웃들은, 구경꾼들은, 모녀기타를 본 적이 없네
시청자가 없는 인간극장이 돌아가는 동안
무덤 밖은
줄이 없는 악기들이 명랑한 귀를 달아주고
배가 불룩한 비둘기들이 후후후
맛집들은 과식 프로그램에 머리를 싸매고

모녀기타 소리는 낯선 이국의 언어
모두가 머리칼은 까만데
공용어가 없었네

모녀기타, 우리가 한 번도 들어보지 못한 우연의 일치
를 헌사하네

빈집

어둠 속 수많은 눈들이 그를 맞는다
밖의 환영을 끌고 와 풀어놓는 자리
눈들은 무표정하고 그의 시선 밖에서만 웃고 떠든다

흘린 물 같은 그림자 하나 불을 켜니
벽에 휘말린다

허드렛일에 붙었다가 뗀 자국은
세상의 눈들에게 속해 있지 않다
옷자락도 닿은 적이 없다

내가 언제 언제……
TV에서 싸움닭들이 튀어나와 그의 귀를 달래고
사는 것처럼 사는 사람들이 놀러 온다
겁먹으며 퍼지는 그림자를 태우고
대리 운전자가 대리 가족에게로

혀가 닿지 않는 말놀이
고개를 돌리는 인형들

불을 끄니 수많은 눈들이 다시 나타난다
주인을 알아보지 못하는 객들은
잠까지 따라오지 않는다

검은 창이 열려 있는 잠
흐린 물 같은 그림자가 빨려 들어간다
늘 그렇듯이 가장 가까운 죽음의 팔이 어깨를 두른다 둘
도 없는 가족이다

거꾸로

붉은 바람이 몰려다녔다
파랑새 한 마리 날아오지 않는 모래벌판에서 그는
셋에 가족을 떠올렸다
둘에 바람의 손아귀에 붙들린 꼭지 마른 잎사귀를 보았다
마지막 남은 하나를 세면서
철렁, 한입에 먹히다가 하얗게 지워지는 세계

날랜 비수의 침이 고이는 동안
아무것도 아닌 목숨의 끝전

지구의 반대편에서는
하나 둘 셋에
새싹이 돋고 꽃망울이 터졌다
쓰러진 자가 잔가지를 잡고서 무릎을 일으켰다

말하기를 즐기는 누군가는
총은 칼보다 너그럽다며
총을 눅눅해진 엿가락처럼 구부려 그렸다

돌아오지 않는 계절을 겨누며 차갑게 웃는 칼

다시 주워 담을 수 없는 붉은, 붉은

셋

둘

하나

파랑새의 전설도 쉬어가지 않는 모래벌판에서

어떤 천국

천국과 응급실의 이상한 배치도
이웃이란 담장을 사이에 둔 거래구나

응급실은 속이 푹푹 썩는다 첨단 의학 기계들은 녹이 슬었다
천국에는 개털과 개껌, 목 풀린 방한복이 굴러다닌다

가족을 잃은 반려견들
누군가의 품 안에서 체리 나무를 심던 그 애들
함께 코끼리 열차를 탔던 휴일도 섞여
체리는 달콤하게 검붉게 흥얼흥얼 행복의 비슷한 말이 되
었다

빨간 목젖들이 부풀어 오른 일기장
잘 짖는 애들일수록 뭘 모르는 거지
가족을 포기한 애들은 허공이 노트가 아님을 알기에 입을
다물어버렸다

마음이 눈 코 입을 달고 팔다리와 내장을 심으니 어느새
눈멀었고 팔다리는 마비 심장은 굳어간다 심장이 굳어간다면
응급실로 실려 가야 하지

천국과 응급실 사이에서
누군가는 머리털 한 올 흘리지 않은 채 숨어버린다

만나서 안 되는 말이 끌고 가는 공동묘지
버린다, 버림을 받았다, 는 무연고의 무덤들이 빽빽한
행성에서
체리 나무 숲의 열쇠를 쥐어준 반려견의 청년기가 해쓱
웃어 보인다

소꿉장난

어린 왕사를 믿는 당신에게 돌 채운 가방이 무거운 어느 날 둘도 없는 행성이 도착했습니다

모래알이 흘러 다니는 곳마다 놀이터가 생겨났습니다
모인 아이들은 유치가 없고 호주머니에 사탕을 담지 않았지만 하나같이 발간 귓불에 빈 조막손이었습니다

모래알이 노래를 불렀습니다
딱딱한 어깨 풀고 삭은 집 헐고 빨간 눈 던져버리고 놀아라 여기는 배역을 내려놓고 날라리 흥을 내어보는 곳

너무 무거운 배역들, 흠잡을 데 없는 전문가들
아버지가 아버지를 쓰레기통에 버립니다 입시생이 입시생을 때려눕힙니다 회사원이 회사원의 따귀를 올립니다 노숙자가 노숙자를 강에 빠뜨립니다 환자가 환자를 불태웁니다 의사가 의사를 영안실로 옮깁니다 장사꾼이 장사꾼을 헐값에 팝니다 경찰관이 경찰관을 쇠고랑 채웁니다 어머니가 어머니를 모독합니다

모래를 껴입은 가짜들이
흰 구름의 주소를 달고
하나의 취기로 풀려 가는

코흘리개 동산

가짜 같은 진짜와 진짜 같은 가짜 사이를 숨바꼭질하는
소꿉 통 속에는
  시늉만으로 냠냠, 두둑, 하 좋고, 생각대로 통하는
  장난감들이 가득

  그렇게 재미나게
  그렇게 가볍게요……

  저런
  모래알이 뻗어나간 행려를 거두는군요
  행성에서 떨어진 애들이 빨간 눈을 달고 귀가합니다
  은빛 모래 한 알이 바닥까지 처진 어깨 위에서 귓속말을
하는데도 듣지 못하는
  세상의 소꿉친구들이 흩어지는 시간

  어릴 때 모래 밥을 담았던 플라스틱 소꿉 장들을 얼핏 보
았던 것도 같은데요
  어린 왕자의 행성을 잊은, 낮도 어둑한
  당신의 일몰이란

웃음 뒤,

장미는 장미의 시간 돼지는 돼지의 시간

하루가 왜 이리 기냐는 한숨을 섞어 비비는 끼니때
살아가는 날의 지루하고도 냄새나는 쪽방 칸에서
돼지는 헤프게 웃는다 웃음을 보약처럼 달여 먹고 살찐다
오물 묻은 달빛에게도 미안해서,
양복 입은 돼지가 우리 안의 돼지 보고
저 돼지 보라 손가락질하거나 말거나,

뚜껑만 없는 상자 안에 있는 꼴이지
방목의 풀 향기를 따라가지 못해 쥐 나는 다리 걸음마
도 못 시켜
밖으로 먹히지 않는 말의 문 닫은 채
주둥이로 꿀꿀이죽만 퍼담는 돼지

누구도 기울이지 않는 독백과 신음과 비명이 안에서 부풀
어 올라 피부가 틀 때에도
거식증이 도사린 밀실에서 새 나오는 소리들이 제 귀를
초록 잎처럼 물어뜯을 때에도
배를 누르면 삑삑 투정이 새는 인형 앞에서도

돼지의 눈과 입은 반달무늬의 꼬리를 친다

미치기 직전까지 갔지만 용하게 보존된 몸은
육질이 뛰어났다
삼 년 형기를 녹이고 나니 쪽방 신세를 면했다
죽어서야 살아나 장미의 지문이라도 찍으려는 돼지
뭇 장미들의 헌신적인 젓가락에 물린
삼 겹의 말, 말, 말,
돼지의 말 한번 들어보겠습니까 들어……

돼지는 장미의 시간 장미는 돼지의 시간

별을 사랑한 아이

　손톱을 물어뜯나 보면 별이 보였어요 반짝반짝 따뜻해지
는 별 어느 때는 눈물을 글썽거리기도 했어요 다 나를 사랑
한다는 귓속말이었지요

　다물어지지 않는 입에서 자꾸 말이 새어 나와요
　기억은 무서운 지하에 차곡차곡 눌려있어요

　그들은 낚시광이었어요 집에는 숨을 곳이 없었고 나는 피
해 다니기 숨이 찼지만 배가 고파 미끼를 물 수밖에요 건져
올려진 내게 몰매가 날아왔어요 그때마다 별이 찾아왔지요
호주머니에서 만져지는 구슬같이요 수없이 던져지고 미끼
에 채였던 지난날, 그들은 겨우 작은 물고기 한 마리 잡는
데에도 손끝이 짜릿짜릿 감격했나 봐요

　나는 점점 가벼운 아이가 되었고 마지막 숨을 몰아쉬던
때 그들 주먹질은 배꼽까지 드러났어요

　깜깜하고 추운 기억이 덮쳐 와요 그들은 나를 성이 난 얼
음의 방에 버렸거든요 나는 매일 그들의 가슴을 두드렸지만
그들은 치킨을 뜯으며 웃음을 핥고 있었어요

여기는 조용하고 심심한 곳이에요 나를 건드리는 사람
도, 주먹질도 없어요 놀이터도 없고요 아빠 엄마를 그들이
라고 말하는 나쁜 아이만 그대로예요

벽을 사이에 두고 그들은 여전히 웃고 떠들며 치킨 냄새
를 풍기곤 해요

깨진 별이 차가운 바닥에 누워있어요

비밀 화원

샛길이 뱀의 헛바닥을 끌고 갑니다

숨어서
숨어서
바람이 바람을 부릅니다

여기는 신분도 관계도 나이도 묻지 않는 곳
담장을 넘어간 꽃이 이웃집 뜰의 투시도를 바꿉니다

여우가 들개에게, 단정한 넥타이가 술잔에 빠진 하이힐
에게, 먹물 옷이 꽃무늬 원피스에게, 꽃의 순결을 읽게 합
니다

어제 핀 꽃은 떨어졌고
오늘 핀 꽃은 오직 그대에게 바치는 백지의 증서라고
잇몸을 감추며 미소를 헹구어 보입니다

안 되는 말이 되는 말로 바구니에 담길 때
빨간 스타킹이 고민에게 수면제를 선물할 때
시시덕시시덕 혼들이 빠져나갑니다

달아오른 두 눈이 빙하의 눈썹 아래에 끼워지기 전까지
입니다

　바람이 부니 꽃이 흔들렸습니다
　꽃이 흔들리니 입술이 붉어졌습니다
　벌, 나비는 없습니다
　죄인은 다만 바람입니다

　샛길이 뱀의 허물을 구불 고개 구불 고개 끌고 갑니다

성城으로 가는 길

초록 개미도 있을 것같이 모든 성은 신비스럽지요 저 안개의 지도에는 많은 문이 있으며 하나의 문도 없으며 수염들의 은빛 마차가 분주하게 오고 가며 눈먼 마차도 덩달아 그곳으로 이끌린다지요

능선 넘어 가시덤불 헤치고 자작나무 숲 지나면 성이 있다고 대장장이는 들었다 통화는 간단했지만 숨이 찼다 떠듬거렸던 목소리 여러 개의 문에 갇히고 두드리기를 반복했던 백작과의 통화였다 한창때 기사의 칼을 만들어주었던 대장장이, 성으로 가는 길목에는 몇십 년의 세월이 웅크리고 앉아 한 발자국도 내딛을 수 없을 것 같았다

여러 번의 무공으로 백작의 작위를 받았다는 것도, 목숨을 걸었던 무용담에 대해서도, 황제의 의자를 백작이 꿈꾸고 있다는 것도 대장장이는 알 바 아니었다 이 시대에는 개천에서 용의 어버이가 나오기도 하니까 그것은 금 뿔이 달린 괴물이 나왔다는 말과 균일가로 들리는 대장장이임에

백작 부인에 대한 상상으로 하마터면 나뭇잎을 불러 타고 성으로 갈 뻔했다 미소가 치자나무꽃 향기를 밀어내고 무지

렁이도, 달갑지 않은 방문자도, 맞이하는…… 상상은 늘 현
실 앞에서 제 모가지를 잘라야 하기에 주춤했는지

　허 참 글쎄 한번 와보라고, 네에 네 능선 넘어 가시덤불
헤치고 자작나무 숲 지나 한번 가보겠습니다 깎아지른 절
벽 타고 바람벽 무너뜨리고 구름 띄워 구름 띄워 한번 가보
겠습니다 젊은 날 기사의 눈빛은 투명했고 칼은 푸른 갈기
를 휘날렸건만 한순간에 그 칼날 무뎌져 대장장이의 합장
한 손을 허물고

　백작의 성에는 안개가 덩굴처럼 자라난다지요 에메랄드
가 박힌 칼집에서 칼은 안개의 노래를 따라 부르다가 지울
수 없는 녹이 끼고 성 사람들은 안개의 마니아가 되어 아련
하게 젖어 산다고요

어떤 미학

세밑 거리는 세상의 모퉁이를 돌 때마나
고여있던 바람이 한꺼번에 들이찬다

재활용 쓰레기 더미에서 제 몸을 굴려보는
스프레이 깡통 하나
엄밀히, 바람이 떠다미는 대로 퉁퉁거리며
빈속을 꺼내 보인다

생활은 이래저래 소모전이었고
살아오면서 통 큰 적이 한 번도 없었다
조금씩 조금씩 고혈이 줄어가면서
마지막 남은 한 방울의 뚝심으로
가는 길꼬리 재워주고
오는 길머리 두 손에 받는다

자서전의 끝마무리는
한생을 다 살아냈다는 마침표 하나

겨울 해거름에 푸른 핏줄, 곱은 손을 모으는 노인
마지막 기도는 만 리 향훌

본래의 숙소인 우주로 돌아가려는

은발 몇 가닥이 끌고 가는

기나긴 속편

색의 결핍

하얀 병 검은 병 누런 병의 한생이란 물 한 방울 튀기지
않고 하얀 물 검은 물 누런 물 다 마를 때까지 하얀 검은 누
런 보호막을 치는 일과

하얀 검은 누런 고독의 장자들 서로를 겨누며 손사래, 너
는 아니다 아니다 내가 아니다 쓰러져도 이빨이 뽑혀도 하
얀 꽃 검은 꽃 누런 꽃밖에는……

하얀 물
검은 물
누런 물
다 마르니 죽음
똑같이 투명한 유리병으로

유리병의 눈동자는 가시거리가 짧아
지난 생을 보지 못하고
첨벙거리던 물의 학습을 기억하지 못한 채

견습생들, 하얀 병이 검은 병으로 검은 병이 누런 병으로
누런 병이 검은 병으로 또는 이러쿵저러쿵 몸 바꿔

다시
하얀 물 검은 물 누런 물의 결투, 피 구름 몰려다니는 황
야는 어디에나,

이어
하얀 꽃 검은 꽃 누런 꽃의 초라한 얼굴로

하얀 병 검은 병 누런 병의 뼈저림이 있다면
이 세상은 모든 색들이 한 다발로 뺨 비비는
우주의 숨 쉬는 꽃병
단숨에 색들 까마득한 층계를 뛰어올라

이 도축장 같은 날의 전원 교향곡은

뉴스가 터진 자리 붉고 축축하다
어딜 가도 피비린내 성선설은 토막 나고 성악설 와글와글

거기 글자들은 너무나 얌전해서 숨을 쉬는 것 같지 않다
너희의 귀갓길을 보장해
너희의 꿈자리는 천사의 크리스털 눈동자 속
너희들 발 디디는 곳은 다 신나는 구름 뜰이야
도덕이라는 교과서는 이렇게 종이비행기도 날리지 않고

마음을 잃은 자
인간이라는 겉만 남은 그 무표정의 거죽, 눈물샘이 돌무더기인 그 가죽, 짐승의 하초만 남은 그 가축, 도덕의 접근 금지 그 불가촉……

아이들은 도둑맞기 쉬운 장난감처럼 진열대에서 빛나고
모범 시민은 성악설을 따라 행진한다

풀 옷 입은 아이들이 무섭지 않은 풀밭에서 하늘까지 뛰어오르는
전원 교향곡은 어디에

어느 불 꺼지지 않는 소각장을 찾아 두리번거리는 우리의
붉고 축축한 눈과 귀

  그 아이의 도축된 일곱 해
  남은 날의 목가를 우리 들을 수 있을까
  치유의 리본을 수없이 매달아 주어야 할 축복 나무는 어디에

3

리틀 풋*

발신지는 숨은 별빛 그는 오래 걸어 나왔다

땅 위는 말발굽 소리 자욱한 먼지 검은 두건들, 사람의 향기를 지우는 피 냄새가 어지러웠다 드물게 어느 바람 잠잠한 봄날 꽃잠에 취해 단꿈을 꾸기도

모자를 벗고 370만 년의 나를 만난다 어떤 두려움도 내 안의 잡음도 고이지 않았던, 산 너머 산이 있음을 알지 못하고 빗물을 받아둘 종지 하나 챙긴 적이 없었던, 최초의 나는 텅 빈 영토

그는 부르튼 발을 내려놓는다 헛물 들이켜 주저앉은 나에게 삶은 달콤한 단막 스토리가 아니라 단맛 빠진 뼈다귀를 질기게 물고 뜯어야 한다고 사나운 바람은 놀이로 삼으라고,

숨은 별빛으로 다시 돌아갈 그는

* 리틀 풋little foot: 최초의 인류(루시보다 50만 년 앞섰음).

고상한 관계

너는 모든 색깔을 감옥에 가둔 얼음 사람
물질을 비켜 가는
배경이 없는 화면의 주인공은
투명한 일급수로 배부를 참이란다
음악당에서 귀를 벌렁거리는 모차르트와 소곤거리고
미술관을 어슬렁거리는 샤갈에게 축배 하고
지적인 독서로 모자를 쓰는 너는

일찍이 나는 하얀색을 골랐던가
순백이란 말에는 사기성이 들떠 있지 조심해
나는 허구의 맏아들
대충 접어놓은 표정으로 희, 노, 애, 락을 감추고서
세상의 더러움을 듣지도 보지도 않으려 눈 가리고 귀 닫지
하얀 제복을 차려입고 볼을 부풀리다가
순백이 뚱뚱하게 고민 없이 자라는 눈사람이 되었지

햇빛이 국자를 휘저으면 두 손 들고 녹아버리는
믿을 수 없는 눈사람 얼음 사람
우스꽝스러운 결말의 증인들

우리는 동족의 핏줄
서로가 어루만지기 어려운 고독의, 난청의,

너는 너무 멀리 올 것이다

헤이, 자나 한잔 할까
내가 싱겁군
너와 나눌 수 있는 그림은 없는데 말이야

너는 머리만 기분 내는 걸
주름이 골진 뇌는 아닐 테지 모든 감정들이 미끄럼 타며
빠져나가네

이 순간에도 초고속 너의 지능은
그 너머를 넘보네

언젠가는 인간의 꼭대기에 앉아 실패에 녹아버린 인간들
을 쓸어버리겠지
고물들은 시들시들, 한 손으로 버튼을 누르고 다른 손으
로 아이스크림을 핥으면 되는 거고 고맙지 뭐
꿈자리까지 네가 기웃거려 아이들은 날마다 새로운 비명
을 지르다가 딸기처럼 잠깐만 자라겠지

헤이, 알파고
너의 태초에 무엇이 있었나

검은 돌, 흰 돌인 삶의 내기에 누군가 졌다고 말하네
네가 신이 된 듯 고개를 쳐들고 있을 때
승부수에서 거듭 난 인간,
감정이 자꾸 출출해져
앞뒤 없이 인간적인
하늘의 층계를 밟아가는 신의 수가 보여

물고기를 잡는 방식 1

　거짓말은 두근두근, 한입 기리만 한 기대만으로 배를 뭉게구름으로 채울 수 있군요 그물을 치는 자와 걸러든 자의 잘못 끼운 단추 같은 만남에 어깨를 부딪치다가 어루만지다가

　달뜬 입술이 다가와 뻔드레한 집을 소개하였습니다 바람이 이루어진 순간이었습니다만 뒤늦게 보니 빛을 한 숟갈 두 숟갈 모아야 하겠더군요 낮을 밤으로 바꾸어야 거기서 살 수 있겠더군요 유령이 돼간다는 것 어둠 속에서 살아남으려는 혀 짧은 자장가입니다

　빛은요,
　이중창문을 부수면 걸어올까요 커튼을 찢어버리면 녹은 아이스크림처럼 달콤하게 흥건해질까요 박수를 치면 뽀얀 발로 딸려올까요 죽은 화분의 흙을 다지면 유기농 채소처럼 자라게 될까요

　그물을 쳤던 자는 밤새도록 물고기의 수를 세겠고 걸러든 자는 어떻게든 빠져나갈 궁리를 하며 통통 튀는 빛을 붙잡으려 밖을 기웃거리겠지요 그런데 물고기는 왜 눈이 멀었을까요

강아지 춤을,

우리의 카페 풍경 좀 보아

친구들과 몇 달 만에 만나 커피를 나누며
사육한 말로 서로 안부를 나누었지

그런 뒤 저마다 스마트폰을 꺼내
깡충거리는 말을 입양하느라 손가락들이 분주했어

날 좀 봐요 귀여운 이모티콘들이 눈에 들어가고 콧등을 타
고 어깨에 앉았지 물컵을 쓰러뜨리기까지 했어
그런 소란에도 무통증이 뿌듯한 우리들은
이모티콘과 동족이 되어
더 빨리 더 재치 있게 얼굴을 바꾸었지

감기 기운이 있다는 친구에게 멍멍,
빨간 항생제 한 알을 물어다 주었지
즉석에서 만든 신약이라고 했더니 웃음을 토하는 친구

우리는 닳아진 사랑을 숨기려 묘기에 빠졌어
가슴에서 고철 뭉치를 감추려 유리 눈을 서로에게 비추었지
대화가 익사한 난바다에서 미래의 말을 잡으려,

이층집 사귀기

흐린 밤 푸른 뼈 없는 하늘에다 마음 놓여맨다
내일은 글렀다
내 집 위로 주소 없이 막 지어진 이 층
그 집 주인장은 내일이면 발을 구르며 소란을 피우겠지

아침부터 천둥 번개 요란, 이층집으로 올라갈 수 없기에
나는 쏘아보기만 한다
구름 친구들을 불러 노는지 거기 사정인데 맥이 빠진다
드러눕는다 끈이 씩씩한 모든 신발들
비까지 추적거리니 운세는 진창 속에서 굴을 파겠군

아버지 돌아가신 날
부음 업고서 무너지며 눈물로 지하의 날개를 다는 진눈깨비
한생의 뒤끝은 짤막하게 간단하게 총을 쏘고 갔다
진눈깨비만 내리면 감추어둔 무덤들 두근두근 누군가의
부음을 들을 것같이

흐린 하늘에 속아 신발을 거꾸로 신는다
이 관계는 위험하다
날씨와 기분과

기분과 1초 후라 뱉어내자마자 지끈거리는 안개의 두통 같은 미래와
앞서거니 뒤서거니

날씨는 모래바람만 다니는 지도가 아니다
이 층 위에는 잡티 하나 없는 하늘의 생기
맑지 않은 날씨는 층간소음의 무늬인 것을

이층집 주인장에게 빨간 제라늄 화분을 들고 노크해 볼까
괜히 노려보고 시비했네요
그 집 위로는 천년의 뼈대로 짙푸른
무덤 속에서도 따 먹을 수 있는 짱짱한 별이 있는데요

별의 자리

쌀 나방들이 벽을 붙잡고서 땀을 흘린다
눈에 띄는 대로 압사시키려는 나와 도망 다니는 그들 사이
는 허공도 벽이다
그러고 보니 우리는 자리만 바꿔가면서 쌀 나방 못지않은
미물들이로군
허공도 벽인 관계들, 그래 참다못해 면상 없는 허공에 발
길질을 하는군

그녀의 눈은 본래 은빛 빗방울이었다
빗방울이 바닥까지 하강하는 데 평생이 걸렸고 내력은 만
만치 않았다
세월의 지붕들을 타며 미끄러지며 이제 바닥에 누웠나
이 빗방울을 나뭇잎 의자에 올려놓을 수 없다
투명한 힘살을 잡아당겨 볼 수도 없다
내가 그녀라고 말해도 어머니는 죽을 때까지 태어나지만
돌이킬 수 없는 흐린 빗방울

세입자들의 봄날 같은 먼지구름
미래의 달뜬 구름을 만들기 위하여 지하상가는 공사 중이다
쿨룩거리는 기침 구름을 헤집고 나는 새틸구름 무늬로 잽

싸게 빠져나간다

　책 들고 이리저리 자리를 찾는다
　불황을 모르는 야간 도서관에서는 한 몸 붙일 자리가 만
만치 않다
　호프집이라든가 영화관이나 쇼핑몰을 밤하늘 삼아
　야간에는 야간 비행을 해야 하는 거라면,

　프로방스를 부르며 도데의 별빛을 추적한다
　가공식품 같은 내 상상을 따라가다가 프로방스풍 카페
로 들어간다
　커피 찻잔에 빠진 별 프랜차이즈 별
　오늘의 쓴 물 안에서 푸른 몸 금 가고 깨질지라도 돌이켜
라 별빛 향수병鄕愁病

그는 아프다

그가 인형을 데리고 놀러 온 날
이 세상에서 가장 작은 구멍에 그가 산다

죽음의 숙소에 들어갔으면서 곧 이사할 것처럼 어화등등
하다가 희미한 불빛마저 꺼진 가슴에

땅따먹기에 머리 굴리다가 지도에 없는 성난 파랑이라 새
지도의 메이커의 뻥 뚫린 아가미에

남 잘되면 맹물 거푸 들이키다가 계산기를 두드리고 있
는 뇌의 쪽방에

왜 냄새는 비렁뱅이들을 몰고 오나 마구 달려들어 제 분
비물로 도장을 찍는 쉬파리들의 생리에

말도 아니 되는, 그 말의 씨 잘 먹혀 한물간 생선회 뜨는
속임수의 숨쉬기에

여자와 싸운 뒤끝 빙그레 웃게 하는 그 무엇을 연기하지
못하는 남자의 엑스트라 기질에

백지에 살맛 나는 요리 재료를 올려놓고 칼질한다 도마
소리의 장단을 때때로 들어야 하는 나의 취기에

　시선을 받지 않는, 생각 밖에서 머무는, 비린 미소가 새
나가는, 같은 공기를 나눈다고 믿는, 자라지 않는……

　인형의 놀이터
　이 세상에서 가장 작은 구멍에 한계라는 그가 산다

허허가 볼록볼록하다

당신은 진정 내 편인가
둘이서 밥 먹고 커피를 나누는 동안에도 벽돌담은 자란다

허허벌판이 허허바다로 물이 차는 순간
복어들을 초대한다

복어는 바람을 빼닮았다
바람 주머니들이 명랑하게 당당하게 열릴 때
그 속에 공기 같은 피가 거꾸로 서있음을 본다
바람과 복어는 이웃사촌이지만 바람은 어물쩍, 신분을
감추기에
나는 복어의 캐릭터를 존중한다

통제구역에는 끌러보지 않은 어두움이
홀로 기가 막혀서 우울해서 화가 슬어서
웃음주머니들이 볼록볼록하다

당신이 진정 내 편에 서지 않으리라는 불안감으로
어금니를 물고 견디며 뻥을 치는 복어들
입꼬리에 리본을 매며 얼굴을 바꿔치기한 웃음보

슬픈 허허는 두꺼운 내장 지방을 감추고 팽창하지만
절대 터지지 않는 맹랑함으로 산다

4

스페인풍으로

오렌지가 마르지 않으려면

빨간 지붕과 하얀 벽의 집만 있으면 그만이지 이런 때 국경 없는 바람을 타지 내놓으라는 슬픔까지 증발해 버릴걸 어떤 소동도 뒤통수를 치지 않겠지 태양이 꿀방울 방울 흘리는 거기

빨간 지붕과 하얀 벽의 집에는 홀로 뜨개질을 하는 노인이 없다네 혼자 통통거리는 말이 없다네 혼자 시들어가는 나무도 없다네 라고, 말하는 태양의 붉은 입술, 침묵의 식사를 준비하는 겨울나무들 틈새에서

삶은 연속간행물처럼 펼쳐지고 접혀지고 오락은 TV 화면을 넘지 못하는데 뭉클뭉클 가슴 뛰게 하는 너는 없는데 짧아진 태양의 소맷부리를 매만지며 일찍이 아랍인들도 훔쳐가지 못한 유혹에 걸려들어 빨간 지붕과 하얀 벽의 집을 짓네

잿빛 사람 간데없고 오렌지 한 알 태어나네

사과가 없는 식탁

요기를 하자
식탁 위에서 그만, 사과가 굴러떨어진다

신선한 아침이 되기 위해서는
사과 한 알을 건져야 해

레일은 빛의 다리처럼 길다
서로 등 떠미는 슬리퍼의 짝, 컵에 떠놓은 물의 재채기,
현관문 열쇠의 헛도는 동그라미들, 서두른다

신선한 아침은 연착 시간을 알려 주지 않고
나는 사과 한 알을 가방에 담아 일터로 간다

집에 돌아올 무렵에야 색을 입는 사과
신선한 아침이 오금이 저린 채 상한 눈을 들이댄다
사과의 녹색 입술이 부풀고
휴대용 과도에는 잘린 태양의 핏방울이 묻어난다

음악을 들으며 모닝커피를 마시는 날의 아득한 물기들
사과 한 알을 밤의 제단 위에 고이는 건

흐릿한 낙서 자국에서 볼펜의 향기를 맡는 것만큼 어렵다

사과의 붉은 껍질과 속살에서 태양이 뜨고 진다
거덜 난 아침을 심으려
사과의 개인사를 깨물어 보는 일 또 지나가고
사과의 녹색 입술이 흘리는 말을 받아 적는 시간
신의 자장가가 닿지 않는 잠자리를 불러 간밤의 불쾌한
꿈을 날려 버리게
사과 한 알이 긴 레일 위에서 천천히 굴러오는 것이다

사진은 발랄해

그 옛날 나는 너였지
되새기니 푸른 머리칼이 한 움큼 집히네 언제 적 이야기
인가 그 옛날

따지고 보면 먼 옛날도 아닌 그 옛날
복사하는 데에는 시간이 꽤 지나야 할 것 같다만

너는
외곽이 아닌 정면과 상큼하게 눈 맞추고
달빛의 노른자위를 터트려 미소를 헌납하고
골똘하게 썩힌 시점에다 너의 인기척을 쏟아붓고

그때 너는 정직하였니?

너는
카메라의 헤픈 시선에 걸려들었고
찰칵찰칵하는 카메라의 수다에 답하느라 미소를 펄빛으
로 바르고
세상에서 가장 아름다운 정원을 꿈꾸는 블랙홀이 있다는
카메라의 충동질에 넘어가

기어이 사진이 되고야 말았니?

긴 생머리에 늘어지는 귀걸이에 푸른 말처럼 뛰는 걸 즐
기는 청바지
　인물의 배경은 무우수* 숲을 배회하네

그 배경은 정직했을까?

그 옛날 나는 너였지
그 옛날의 너는 지금까지도 덜된 나
정직은 불안해하네 두려워하네
언제까지나 분위기를 비틀지 않는 사진

예의 바르게도 늙지 않는 사진
종족 보존 본능에는 일 순위가 자신이라네

* 무수우: 근심이 없는 나무.

어둠의 혈기

어둠의 이팔청춘, 나는 아직도 팔팔하다

되는대로 비벼 넣은 말로 서로 뺨 후려치다가 뜯어 먹던
지인들 모임에서
믿어도 좋을까요를 끊임없이 독백하는 저녁 별들, 외로
운 군상들의 합숙소인 밤하늘 그득히
장벽 겨우겨우 넘어왔더니 또 다른 장벽이 대기 중인 정
신 나간 밀월이라는 관계에서
멀쩡한 땅의 급속한 사막화, 인간성의 끔찍한 사막화, 를
지켜보는 최후의 물방울 안에서
여기저기에서 벌어지고 새끼 치며 희희낙락거리는 비틀
린 삶의 글로벌 무대 위에서

그대 아직도 팔팔하게 고민한다

중독

꽃나무 옆 지나갈 때 코를 대보는 버릇은 좋은 향기에 말려 있는 속임수에 걸려들었음이다

약솜만큼이라도 책의 냄새를 묻혀야 하루의 눈꺼풀을 닫는 것은 지식이라는 안경을 놓치지 않기 위해서다

먼바다를 향하여 옷을 널어놓는 수작은 푸른색 결핍증의 증상이다

여행 보따리를 풀자마자 또 다른 여행 안내서가 어른거리는 소용돌이는 날개에 대한 지루한 욕망 탓이다

영화 관람에 빠져서 보랏빛 안개 속을 넘나드는 일은 허구에 도취된 날라리이기에

바깥으로 뚫린 귀가 이명으로 화끈거릴 때 촉촉한 음악 한 줄기에 매달리는 체위는 귀를 청소하려는 해프닝이다

버릇이 굴러 살찐 덩어리가 된 에너지, 그 한가운데에 내가 있다

이 시간 광산 속 인디오들은 배고픔과 두려움을 잊기 위하여 코카잎을 씹어댄다

시네마 천국[*]

이 단풍 속을 얼마나 걸어왔는지
그때의 내가 일어나 나를 보고 아는 척하나

자전거 바퀴들이 금빛 노래를 튕기거나 아코디언 소리와
버터빵 냄새가 풍기는 그 거리에서
동행했거나 스쳐 갔던 배역들 다 사라진
기억의 잔은 비워져
주인공만 남아 이 거리를 지난다

옷깃이 옷깃을 품는데 사람의 냄새는 없다
한 해의 마지막 옷깃인 단 하나 단풍과의 만남
우리는 말라가는 잎으로 드라마처럼 일어나 잠을 청하
지 않는 실핏줄, 붉은 잠 들킬까 봐 버석버석 얇아지는 귀

이 거리는 곧 지려는 꼬리들 앞에서 철이 난 몸통들의
눈물 보이지 않는 눈물길이다

지구 구석구석을 거쳐 왔을 주인공이 저 때의 다리를 건
넌다
나고 죽음, 나고 죽음의 이국행

몇 생을 이어온 화면들이 단풍 속에서 걸어 나온다

* 시네마 천국: 영화의 제목을 빌림.

다채로운 느낌

이떤 폭력은 가면을 쓰고 온다
금사, 은사, 옷을 입기도 한다

주먹을 감추거나 이빨을 드러내지 않는 폭력들이
때로는 바보 영구가 되어 홀린다
혹은 이슬의 문양으로 굴러온다 곧 깨질 것 같은 작고 동
그란 말로, 잠시 어여뻤던가
첩자는 냄새 없는 냄새를 즐긴다

폭력이 색을 흘린다
칸딘스키의 작품 「즉흥#31」에 에스프레소 한 잔을 들고
들어간다

얼굴 무너진 전화기는 방패막이다
심해까지 가라앉아서 터지려는 폭력을 누르고 있는 음성
의 뒷면을 뒤집어
나는 침을 크게 삼키고 부드러운 모음으로 더듬거린다
위장술이 아니라 봄밤의 화답이라는 듯

속풀이로 칸딘스키의 작품 「즉흥#31」에서 색의 융화를

잡아낸다
  그 또한 첩자의 냄새다
  나는 내 편 아닌 누구에게 속 깊이 떨리는 검은 안경

  쏟아지며 갈망하는 색들의 잔치 위로
  무거운 신발들이 어지럽다

  똑바로 보나 거꾸로 보나 미궁인 그림에서 오색 바람이 튄다
  누군가의 속내를 찾아 그 속으로 들어간 첩자가
  멀쩡한 그림을 유쾌하게 망가뜨린다

다크서클

발 디딘 곳 소리의 감옥이라며 너는 달아나다
달팽이 집을 불러 안경만 내놓고 들어간다

방을 그리니 소리가 찬다 차오른다
어떤 빈방에도 잡히는 동물성의 맥

그 방, 선인장의 호흡은 붉은 가시를 발라내면서 사막의
은빛 촛불을 켜고
화분 하나 없는 방에는 가구들이 마방의 길 같았던 탄생의
비밀을 돌이키며 독백을 하는 거고
가구조차 없는 방에는 벽과 천장과 바닥이 서로에게 버팀
목이 되어 거친 숨을 음악으로 고른다

저것 좀 보게
잡지책이 야문 손가락에 물려 치마폭 들썩이며
우주를 건너 다른 우주로 착지한다
우주에 내려앉은 소리치고는 아주 가뿐하고 조용하지 않나
굉음도 없이 이동하는 글자들 사진들

소리의 물에 젖어보게

물속에서는 모든 소리가 스스로에게 품속 칼을 꽂게 되지
소리는 생활의 증거, 미지의 소리들이 살 오른다
투덕투덕한 황홀경의 감옥이 너를 애타게 부르지 않는가

아침에는 샐러드예요

달아난 침대 가버려
쥐 고기 씹던 기분 가버려
올빼미한테 들킨 밤 가버려

두근두근하지 않아도
달아오르지 않아도
태양은 검은 입술을 찢는다

어제는 배달되었고
오늘은 주문 중이다

배달된 상자에서 상해 버린 자신의 얼굴이 나왔을 때
오직 한 동작, 짓이기며 밟고 가는 주인장
그 발밑에서 통쾌하게 당하는 너절함이란
침 한 번 꼴깍 넘기는 굴욕의 이해

시각이 사각에게 말하기를,
찌그러지더니 보기 좋게 뻗더니
밤 지나 내 자리로 돌아왔네
말없음표의 국물이 한바탕 말라붙은 식탁 위에

유리 접시를 올리고 말고
새싹 잎 같은 말만 골라
세렝게티 초원의 태양으로
금빛 소스를 치고 말고

고개 끄덕여 상큼하게 모아지는 말
앞이 툭 터져 물방울로 굴러가는 말
버무려, 검은 입술의 아침 요리를,

달아난 침대 안녕
쥐 고기 씹던 기분 안녕
올빼미한테 들킨 밤 안녕

마트료시카*

일 년의 주머니가 두둑해야지

태양을 훔쳐 먹은 배불뚝이
눈치 없이 자란다

내가 키운 건 잔멸치부터 혹등고래까지
한 달에 한 마리씩

작은 물에서 놀던 잔멸치를 놓아준다
구부러진 새우 등을 풀어준다……
과대포장된 혹등고래를 대양으로 보낸다

넘긴다 넘어간다 되돌아 헛짚지 않는다
머릿속의 퇴물들 끌어안고 사라진다

열둘의 아린 매가 일렬로 서서
낡은 나를 차버린다
번호 붙이며…… 열두 번째
고민이 없는 기성복들

앞뒤 없이 부풀며
열병이 나는,
분신들

풀 죽은 사각지대에서
열둘의 태양은 늘 대기 중

최초의 알집은 돌고 돈다

* 마트료시카: 러시아 인형.

나는 한 줄 월평이다

빗방울이 땅과 싸움을 한다고 생각했지
짓밟아야 하고 짓눌려야 하는 관계에서 점 점 점, 점이
되었지
내 안 수백 년 걸려 필 꽃봉오리 다치지 않게

나날이 보태져서 불쾌한 나이와 소시민의 울안에서 찧고
까부는 돈의 가벼움을
흘려버리지 내 머릿속만 헹구면 그만
숫자란 지겹고 고상하지 않은 것이라고 무심한 척

사랑에 목숨을 내건 영화를 본 뒤
다음 생의 문안으로 사랑을 일 순위로 밀어놓고서
구멍 난 잎에 물오른 하늘 감싸서 집에 오지

아프리카 오지의 배곯는 아이들을 TV로 보며
손이 입에게 바쳐야 하는 최소의 윤기를 질겅거리지
그들먹한 식탐을 반짝 덜어내는 흉내를 내지

생활만 층층 쌓여 이 시대의 화석이 될까 봐
책의 행방을 좇아 책의 날개를 잡아당겨 쇠공인 머리를

부채질하지

밤이면 내가 만든 지도를 들고서 별을 탐색하지
탈이 난 지구를 따돌려 진화한 별로 탈출을 시도해 보지
따귀를 때리지 않는 꿈의 하숙집이지

망가지지 않으려 지워지지 않으려
칼의 은빛 틈을 내지

누워있는 시인*

어물을 먹고 다리 턴 일밖에 없는 말의 저녁이다
창을 닫고 식구 수를 세는 집의 저녁이다
광합성을 끝낸 손들을 풀어놓는 나무의 저녁이다

정의를 열망하는 그에게 휴식은 없다

그를 두고
따로 가는 세계
따로 기는 세계

잔디밭에서 모자를 벗고 누워있는 시인은 휴식하지 않는다
가슴에 모은 두 손
쉬이 오지 않는 저녁

하늘은 내내 발갛게 팽팽해지고
말과 집과 나무만이 저녁을 한 채 한 채 공들여 짓는다

* 「누워있는 시인」: 샤갈의 그림 제목.

시선과 감촉

황정산(시인, 문학평론가)

1. 들어가며

이 시집은 양수덕 시인의 세 번째 시집이다. 그간 양수덕 시인은 세계의 일방적 폭력이 어떻게 삶의 공간을 왜곡하고 우리의 일상을 비루하고 왜소하게 만드는지를 그리고 현대인들의 내면을 어떻게 고갈시키는지를 보여 주고 시적 언어를 통해 자아의 진정성을 지키고자 노력해 왔다.

이번 세 번째 시집도 그런 그의 시 세계의 연장선에 있다. 그러면서도 앞의 시집들의 시 세계에 비해 좀 더 비극적이다. 그간 양수덕 시인이 우리의 인식을 가리는 지배의 이데올로기에 의해 훼손되고 오염된 현실 속에서도 시 쓰기를 통한 정화와 재생을 꿈꾸어 왔다면 이번 시집의 시들은 이런 시 쓰기에 대한 근원적인 반성을 포함하고 있다. 훼손된 인간의 순수성을 회복하기 위한 쓰기와 보기가 양수덕 시인의 시 쓰기의 과업이었다면 이번 작업에서는 이런 것들마저 힘들게 하는 비극적 현실이 좀 더 부각되고 있다. 그의 이번 시집에서 특히 두드러지는 것은 이런 비극적 세계를 바라보는 시인의 시선이다.

2. 창과 거울의 시선

랭보는 견자로서의 시인을 이야기했다. 시인은 견자가 되어야 한다고 생각했다. 보이지 않는 것을 보고 들리지 않는 것을 듣는 자가 시인이어야 한다고 그는 주장했다. 그는 시의 목적은 새로운 세계에 도달하는 것이며 그러기 위해 시야의 영역을 확장시키는 것이라 생각해 견자가 되어 미지의 세계를 찾아 나섰던 것이다. 그에게 가장 중요한 것은 세계를 응시하는 시선이었다. 그런데 본다는 것은 쉬운 일은 아니다. 우리는 눈을 뜨고 있음에도 불구하고 보지 못하는 경우가 많다. 때로는 권력과 질서가 우리의 시선을 가리고 때로는 나의 욕망이 우리의 시야를 가로막는다. 그러므로 진실을 보기 위해서는 내 시선을 가리고 있는 존재를 의식해야 한다. 우리는 바로 이 흐린 창을 통해서만 사물을 바라볼 수밖에 없는 것이다.

유리 벽을 사이에 두고 나날이 지친다

내가 비명을 지를 때 네가 콧노래로 듣고

네가 한숨 쉴 때 가벼운 바람으로 듣는 나

무채색, 무뇌의, 공간이 자라고 두꺼워지고 차가워지고

사랑은 주머니가 채워지지 않는 거래

들어오면 나가고 나가다 다시 들어오기를 무수히, 얽힌
동선들만 어지러워

허기가 져서 길어지고 뾰족해진 입으로

남은 생의 입질이 서툴다 유리 벽을 사이에 두고

—「머나먼,」전문

　너와 나 사이에는 유리 벽이 가로놓여 있다. 우리의 시선
은 유리 벽을 통과해서만 타인을 볼 수 있다. 그래서 우리
는 "머나먼" 사이이다. 그래서 타인의 고통은 내게 위안이
되고 사랑은 차가운 거래가 되고 만다. 그래서 우리 모두는
채워지지 못한 욕망의 허기에서 빠져나올 수 없다. 보지만
보지 못하고 "들어오면 나가고 나가다 다시 들어오기를 무

수히" 반복해도 결코 가 닿을 수 없는 소통 불가의 공간에서 우리는 타인을 본다. 시인이 시의 제목에 "머나먼," 이라 쉼표를 단 것도 특별하다. 그것은 이 소통 불가의 현실이 영원히 지속되리라는 조바심과 그것을 종식시키지는 못하지만 잠시 휴지라도 두겠다는 의지를 동시에 표현하고 있다.

> 가로수들이 사람들이 상점들이 썰매처럼 미끄러져 갔다
> 꼬마 혼자만 제자리에 서있던 어느 날처럼
> 지금도 바깥 풍경은 나를 스치고 지나간다
>
> 시만 머문다
> 살아있음의 증거를 남기려
> 내가 만든 판타지 섬에 들어가 잘 익은 바람에 홀리려
> 고도 하고
> 그러는 착각에 빠지기도 하지만
> 해묵은 상사병 아님 영화를 관람하는 느슨함 정도……
>
> 백지 안은 피 튀는 전쟁터다
>
> 살아남기 위하여 바깥 풍경을 따라 움직이며 도끼를 든다
> 어제도 한판 붙었고 또 죄 없는 사람을 죽였다
> ─「유리 동물원 5」 전문

유리 벽을 통해 본 세상은 온통 유리 동물원이다. "바깥

풍경은 나를 스치고 지나" 나의 세계가 되지 못한다. 하지만 거기에도 시는 남아있다. 그리고 그 시를 쓰기 위해 준비한 "백지 안은 피 튀는 전쟁터다". 비록 유리 벽이라는 창을 통해 세상을 보지만 치열함으로 그 세상과의 싸움을 시작하고 있기 때문이다. 그리고 시인 자신은 그 세상을 향해 도끼를 들고 무언의 저항을 한다. 그것이 바로 그가 시를 쓰는 이유고 그리고 그것은 유리창을 통해서라도 세상의 진실을 보기 위해서이다.

하지만 진실을 보는 것은 참혹한 일이기도 하다.

    그는 마침내 몸뚱이 하나만 남았다

    그의 가슴이 사라지기 전
    그의 방에 몸뚱이들이 너무 많다는 것을 알았지만
    깜장과 검정과 블랙은 미묘하게 다른 것이라고 마음을
    추슬렀다

    빛을 발하지 못하는
    제 힘으로 나아가지 못하는
    그림자

    누군가는 그를 오래전에 스쳐 갔던 사람 냄새라고 하거나
    치워야 할 먹구름 폐기물이라고 했다

그는 가슴을 멀리 달아나게 해서

아무도 모르는 곳으로 피신시켜서

제 감정에 복받치는 일이 없다

미묘한 체감온도로 구분이 되는

깜장과 검정과 블랙이라는 암흑기가 숨을 쉬고 있는 그

의 방

마침내 그는 불려 나갈 일이 없는 사물이 되고 말았다

몸뚱이만 솟구쳐 덩그렇다

그와 세계 사이에 유머가 없다는 게 문제였다

— 「잊힌 사람」 전문

　"몸뚱이 하나만 남았다"는 것은 유리창 너머로 다른 사람을 보았을 때 결국 도달하게 된 결코 부정할 수 없는 진실이다. 어떤 흐린 유리창이거나 아무리 왜곡된 이데올로기에 의해 훼손된 시선이라도 한 존재가 가진 물질성을 부정할 수는 없는 일이다. 시인은 흐린 유리창의 모든 저항을 뚫고 한 사람의 삶과 마주한다. 하지만 그것은 "빛을 발하지 못하는" 그림자이다. 나와 그 사이에 다가갈 수 없는 유리창이 있고 그 유리창이 있어 또한 나는 그 삶을 보고 있다. 하지만 바로 그 이유로 세상과 그의 존재는 불화를 멈출 수 없고 그는 세계 안에서 그림자로만 존재한다. 시인은 그것을 "그와 세계 사이에 유머가 없다"고 표현하고 있다. 아무튼 우리가 사는 사회에서 모든 타자들의 삶이 바로 이러할 것이다. 그리고 우리 모두는 서로가 서로에게 타자이기도 하다.

그래서 우리는 다음 시에서처럼 서로에게 투명 인간이된다.

> 너는 오늘도 나를 보지 못하고
> 손을 잡았으나 장갑만 남았다 한다
> 말을 받았으나 구겨진 포장지만 잡힌다 한다
> 눈을 보았으나 검은 창이 다가선다고 한다
>
> 히히 나도 너를 보지 못한다는 것
>
> 유령의 집으로 들어간 우리
> 공기는 더없이 포근하고 이마가 시리게 차갑다
> 화분들은 생기가 넘치고 눈치 없이 시들어간다
> 냉장고는 조용히 굴러가고 악다구니 지른다
>
> 나의 신전에는 너의 의자가 없고
> 네 거울 속에는 나의 저녁이 없다
>
> —「투명 인간」 부분

타인의 삶이 내 삶이 되지 못하고 내 삶이 타인의 삶에 아무런 영향을 주지 못한다. 그래서 아무리 내 삶의 공간들에서 화분과 냉장고가 번성과 풍성을 보여 주더라도 너와 나 사이에는 "검은 창"이 있을 뿐이다. 시인은 이 상황을 "공기는 더없이 포근하고 이마가 시리게 차갑다"는 아이러니로 보여주고 있다. 세상의 안온함이 의미를 잃고 나에게는 차가운 인식으로만 존재할 때 조금의 진실이라도 우리는 마주할 수 있다는 시인의 의지의 표현이다. 바로 그럴 때 창은 거울이 된다. 타인을 보지 못하는 창은 단지 자신을 비추는 거울일 뿐이다. "네 거울 속에는 나의 저녁이 없다"는 말이 바로 그것이다.

창을 통해 세상을 보는 것은 나를 숨기고 보는 일이다. 하지만 창을 바로 보기 위해서는 창에 다가가고 창을 정면으로 응시해야만 한다. 그때 창은 또한 거울이 되기도 한다. 그렇기 때문에 거울을 본다는 것은 세계를 바로 보는 것이기도 하고 나를 통해 세계를 다시 보는 것이기도 하다. 그것은 창이 내보이지 못한 세계의 또 다른 진실이기도 하다. 하지만 그러한 진실로 가는 길 역시 쉽지 않다.

상대를 알 수 없는 눈먼 뭉치들

헝클어지고 뒤섞이다 녹아버린
최초의 맑은 거울, 어디 두고

가해자와 피해자를 넘나드는 우리
나쁜 가해자를 혐오하며 서로 불쌍한 피해자의 자리를

탐냈지만

　밀렵꾼처럼 숨어서

　비장의 코드에서 불러 모은 비웃음을 장전한다

　비틀린 쪽으로 탕,

　흰 가구와 한배를 타고 같은 느낌이 되어간다

　먹구름을 빨아들인 거죽 위에

　뽀얗게 덧발라

　최후의 눈물 한 방울을 감추면서 밝아오는 화장기

　악몽이라 치자

　반드레한 낯빛 들어 밖으로 새 나가는 완성된 집 한 채

—「언덕 위 하얀,」 부분

　이사를 하고 가구를 들이고 거울을 설치하고 그 안의 나를 들여다보며 "밝아오는 화장기"를 확인하는 것으로 "집 한 채"를 완성하고자 한다. 하지만 그러기 위해서는 많은 것을 감추어야 한다. 악몽인 현실을 감추고 서로가 서로에게 가해자고 피해자가 되는 불쌍한 인간관계를 감추고 그 모든 슬픔을 표현하는 눈물까지 감추어야 한다. 그러기 위해서는 자신을 똑바로 보지 말고 "헝클어지고 뒤섞"인 모습으로 봐야 한다. "최초의 맑은 거울"을 "어디 두고" 잊어버려야 한다. 우리는 자신의 진실을 마주하기를 두려워하기 때문이다. 진실을 보지 않아야 "언덕 위 하얀," 그림 같은 집

을 지을 수 있기 때문이다.

3. 촉각의 상실과 배제

양수덕의 시들은 시각을 뺀 다른 감각을 의도적으로 배제하거나 축소시킨다. 다음 시를 보자.

언제부터인지 이 도시에 사는 사람들의 얼굴이 녹아내리기 시작했다 누구도 눈치를 채지 못할 만큼 한 땀씩 조용하게, 지워진 얼굴 위 무표정한 눈, 귀, 코, 입이 금도금 장식으로 들러붙었다

다수가 똑같은 기침을 하며 따돌림을 몰고 다녔다 나쁜 풍경에 눈 감고 나쁜 소리에 끄덕이고 나쁜 냄새를 따라가고 나쁜 맛에 길들여져 나쁜 짓 일삼는 손을 베이컨의 그로테스크한 그림처럼 구경했다

—「유혹」 부분

세계의 부정성과 그 안에 살고 있는 존재들의 비극성을 잘 보여 주는 작품이다. 세계 안의 존재들은 모두 지워진 표정 나쁜 것에 길들어져 가는 그로테스크한 모습으로 나타난다. 하지만 그 세계 안에서 들리는 "나쁜 소리" "나쁜 맛" "나쁜 냄새" 들을 시인은 구체적인 감각으로 인식하는

것이 아니라 화가 베이컨의 그림으로 구정한다. 시인은 소리와 맛과 냄새마저도 시각으로 바꾸어 받아들이고 있다.

시각을 뺀 다른 감각들의 상실과 배제는 관계의 피상성과 존재들 간의 단절에 대한 은유이기도 하다.

일찍이 나는 하얀색을 골랐던가
순백이란 말에는 사기성이 들떠 있지 조심해
나는 허구의 맏아들
대충 접어놓은 표정으로 희, 노, 애, 락을 감추고서
세상의 더러움을 듣지도 보지도 않으려 눈 가리고 귀 닫지
하얀 제복을 차려입고 볼을 부풀리다가
순백이 퉁퉁하게 고민 없이 자라는 눈사람이 되었지

햇빛이 국자를 휘저으면 두 손 들고 녹아버리는
믿을 수 없는 눈사람 얼음 사람
우스꽝스러운 결말의 증인들

우리는 동족의 핏줄
서로가 어루만지기 어려운 고독의, 난청의,
                                    ─「고상한 관계」부분

"고상한 관계"란 서로가 서로에게 거리를 두는 관계이다. "희, 노, 애, 락을 감추고" 순백의 색으로 자신을 가리고 "고민 없이 자라는 눈사람이 되"는 것이다. 시인은 이

런 관계를 "서로가 어루만지기 어려운 고독의, 난청의,"라
고 끝맺는다. 쉼표로 끝을 맺는 것은 이 고독이 계속되고
또 다른 모습으로 끝없이 변화 발전할 것이라는 두려움 때
문일 것이다. 아무튼 어루만진다는 촉각의 상실은 다른 존
재와의 단질, 즉 니의 고독이 표현이다. 감촉과 맛과 냄새
는 타자의 존재에 대한 물질적 증표이다. 그것이 존재하지
않는 타인은 단지 이미지일 뿐이다. 그것을 다음 시는 잘
보여 준다.

자전거 바퀴들이 금빛 노래를 튕기거나 아코디언 소리와
버터빵 냄새가 풍기는 그 거리에서
동행했거나 스쳐 갔던 배역들 다 사라진
기억의 잔은 비워져
주인공만 남아 이 거리를 지난다

옷깃이 옷깃을 품는데 사람의 냄새는 없다
한 해의 마지막 옷깃인 단 하나 단풍과의 만남
우리는 말라가는 잎으로 드라마처럼 일어나 잠을 청하
지 않는 실핏줄, 붉은 잠 들길까 봐 버석버석 얇아지는 귀

이 거리는 곧 지려는 꼬리들 앞에서 철이 난 몸통들의
눈물 보이지 않는 눈물길이다

지구 구석구석을 거쳐 왔을 주인공이 저 때의 다리를

건넌다

　나고 죽음, 나고 죽음의 이국행

　몇 생을 이어온 화면들이 단풍 속에서 걸어 나온다

―「시네마 천국」부분

　시인은 영화의 제목을 빌려 현실을 영화처럼 바라본다. 그렇게 바라본 세상에는 영화처럼 많은 것들이 들어있다. 죽음과 이국행 그리고 눈물과 추억들이 들어있다. 하지만 "사람의 냄새는 없"고 "버석버석 얇아지는 귀"로 들을 수 있는 소리들도 사라져간다. 사람과 사람 사이의 이야기는 모두 영화의 장면처럼 스쳐 지나갈 뿐이다. 시인은 그것을 "몇 생을 이어온 화면들이 단풍 속에서 걸어 나온다"고 표현한다. 이 서정적인 표현에는 현대를 사는 우리들의 삶이 가지고 있는 근원적인 비극성이 담겨 있다.

　그리고 이런 비극성의 끝에는 인공지능이 지배하는 세계가 있다.

　언젠가는 인간의 꼭대기에 앉아 실패에 녹아버린 인간들을 쓸어버리겠지

　고물들은 시들시들, 한 손으로 버튼을 누르고 다른 손으로 아이스크림을 핥으면 되는 거고 고맙지 뭐

　꿈자리까지 네가 기웃거려 아이들은 날마다 새로운 비명을 지르다가 딸기처럼 잠깐만 자라겠지

헤이, 알파고

너의 태초에 무엇이 있었나

검은 돌, 흰 돌인 삶의 내기에 누군가 졌다고 말하네

네가 신이 된 듯 고개를 쳐들고 있을 때

승부수에서 거덜 난 인간,

감정이 자꾸 출출해져

앞뒤 없이 인간적인

하늘의 층계를 밟아가는 신의 수가 보여

—「너는 너무 멀리 올 것이다」 부분

    인간의 지능과 감성까지 능가하는 인공지능 시대에 인간은 과연 무엇일까를 생각하게 해주는 작품이다. 시인은 인공지능 알파고를 떠올리고 "하늘의 층계를 밟아가는 신의 수가" 보인다고 한다. 인간들의 약점과 한계를 모두 극복하고 아주 완전한 인간적인 것을 완성해 낸 인공지능이 결국은 인간을 지배하는 신이 될 것이라는 예감의 표현이다. 하지만 이러한 과정에서 인간이 최종적으로 잃은 것은 무엇일까? 그것은 "한 손으로 버튼을 누르고 다른 손으로 아이스크림을 핥으면 되는 거고"라는 구절에서처럼 감촉의 상실이다. 인공지능을 상대해서는 존재와 존재 사이에 구체적인 감각으로 서로를 감지할 필요가 없다. 단지 버튼 하나만 누르면 되는 것이고 감촉을 주고받을 필요가 없다. 악수를 하거나 서로의 향기를 주고받거나 같은 음식을 나누

어 먹는 등의 감각적 교류를 할 필요가 없다는 것이다. 그
런 것 없이도 지식을 공유하고 합리적 판단을 하고 아주 안
전한 방식으로 감정까지 주고받을 수 있다. 이 시에서 알파
고는 인공지능의 시대를 대변하는 아이콘이기도 하지만 그
곳을 향해 나아가는 지금 이곳의 삶의 방식의 변화를 말해
주는 상징이기도 하다. "너는 너무 멀리 올 것이다"라는 아
이러니한 제목이 시인의 이런 심정을 잘 대변해 준다. 아직
은 도래하지 않는 시간이지만 그것의 어떤 부분이 이미 와
있기 때문에 멀리 있지만 와있거나 올 것이 이미 예정된 것
이기도 하다.

　　너무 무거운 배역들, 흠잡을 데 없는 전문가들
　　아버지가 아버지를 쓰레기통에 버립니다 입시생이 입시
생을 때려눕힙니다 회사원이 회사원의 따귀를 올립니다 노
숙자가 노숙자를 강에 빠뜨립니다 환자가 환자를 불태웁니
다 의사가 의사를 영안실로 옮깁니다 장사꾼이 장사꾼을
헐값에 팝니다 경찰관이 경찰관을 쇠고랑 채웁니다 어머니
가 어머니를 모독합니다

　　모래를 껴입은 가짜들이
　　흰 구름의 주소를 달고
　　하나의 취기로 풀려 가는
　　코흘리개 동산

가짜 같은 진짜와 진짜 같은 가짜 사이를 숨바꼭질하는
소꿉 통 속에는
　시늉만으로 냠냠, 두둑, 하 좋고, 생각대로 통하는
　장난감들이 가득

　그렇게 재미나게
　그렇게 가볍게요……

　저런
　모래알이 뻗어나간 행려를 거두는군요
　행성에서 떨어진 애들이 빨간 눈을 달고 귀가합니다
　은빛 모래 한 알이 바닥까지 처진 어깨 위에서 귓속말을
하는데도 듣지 못하는
　세상의 소꿉친구들이 흩어지는 시간

　어린 때 모래 밥을 담았던 플라스틱 소꿉 장들을 얼핏 보
았던 것도 같은데요
　어린 왕자의 행성을 잊은, 낮도 어둑한
　당신의 일몰이란

　　　　　　　　　　　　　　　　　　—「소꿉장난」 부분

　양수덕 시인은 IT 시대 더 나아가 인공지능 시대에 인간
이 경험하게 될 이런 토대 없는 삶의 허망함과 관계의 피상
성을 위와 같이 비판하고 있다. 모든 사람은 매트릭스 안에

서 시스템이 만들어놓은 배역을 연기할 뿐 서로는 서로에게 가짜로만 존재한다. 그리고 그것은 결국 "당신의 일몰", 모든 인류의 종말이 된다.

4. 맺으며

양수덕 시인의 이번 시집의 시들에 그려진 세상은 어둡고 비극적이다. 당연히 그곳에 사는 모든 사람들은 불행하다. 사실 이 불행은 너무도 인간적인 것에서 기인한다. "핏줄은 비명도 잠꼬대도 끈적끈적/ 다른 민족 간 투쟁이 헤퍼지네/ 부모는 자식에게 왕관을 씌워주며 주머니를 끝없이 부풀리네/ DNA가 다른 엄마는 얼굴이 지레 붉어지네"(「붉은 차르」 부분)에서처럼 우리의 욕망에서부터 온다. 이 욕망이 우리에게 거짓된 희망이라는 이데올로기의 창을 만들어 우리의 시선을 방해하고 인공지능이라는 강력한 도구를 만들어 인간의 구체적 육체성마저 상실하게 만들고 있다. 그런데 시인은 그 불행을 마치 자기 것이 아닌 것처럼 우리에게 보여 준다. 창을 통해 세상을 보듯 냉랭한 시선으로 보고 말한다.

세입자들의 봄날 같은 먼지구름
미래의 달뜬 구름을 만들기 위하여 지하상가는 공사 중이다
쿨룩거리는 기침 구름을 헤집고 나는 새털구름 무늬로

잽싸게 빠져나간다

—「별의 자리」부분

세상은 온통 먼지가 가득한 공사 중인 상가와 같고 우리들
은 그 속에서 힘들게 살아야 하는 세입자의 모습이다. "먼지
구름"과 "기침 구름"은 그 불행에 대한 감각적인 표현이다.
하지만 시인은 이 불행마저도 "새털구름"이라는 감각할 수
없는 사물로 대체하고 벗어나 그것의 감촉을 거부한다. 이
것은 도피가 아니라 역설적이게도 삶의 구체성으로부터 멀
어지게 하는 현실의 가벼움과 근거 없음을 드러낸다. 감각
을 제거하여 감각의 중요성과 의미를 생각하게 하는 이 이
중의 역설이 양수덕의 시가 성취해 낸 미학의 요체가 아닐
까 생각해 본다.